POÉSIES DIVERSES

ADRESSÉES

A SA MAJESTÉ L'EMPEREUR DES FRANÇAIS

ET

A Sa Majesté l'Impératrice

PAR

LE Cte L. D'AGNEAU,

Adjudant au 17ᵉ bataillon des gardes nationales de la Seine.

PARIS,

LEDOYEN, ÉDITEUR-LIBRAIRE,

31, Galerie d'Orléans.

—

AVRIL 1854.

POÉSIES DIVERSES

ADRESSÉES

A SA MAJESTÉ L'EMPEREUR DES FRANÇAIS

ET

A Sa Majesté l'Impératrice

PAR

LE Cte L. D'AGNEAU,

Adjudant au 17e bataillon des gardes nationales de la Seine.

PARIS,

LEDOYEN, ÉDITEUR-LIBRAIRE,

31, Galerie d'Orléans.

AVRIL 1854.

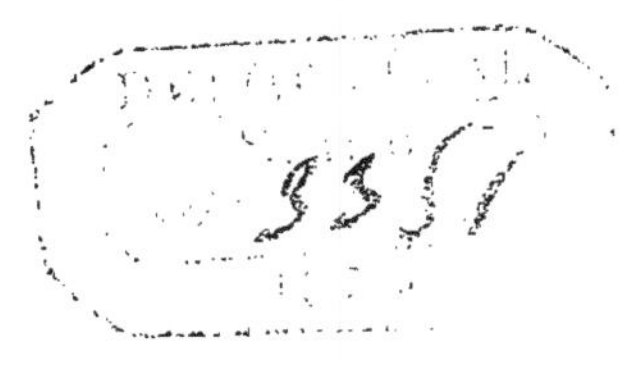

PRÉFACE.

Quand on jette un coup d'œil attentif et impartial sur le passé, et que l'on envisage les malheurs qui s'accumulaient sur notre chère patrie, combien doit-on louer la divine Providence, qui nous a donné pour libérateur un prince d'un sang si glorieux, au cœur magnanime, à la volonté aussi ferme que juste, et d'un bras aussi fort.

A tous ceux qui auraient pu croire qu'il faillirait à la mémoire du grand homme que chérit la France, combien les faits accomplis depuis son heureuse et providentielle initiative du 2 décembre 1851, ont-ils été positifs et concluants ! Ces faits n'ont-ils pas assez clairement, assez éloquemment démontré qu'il était bien le descendant du grand capitaine qui fut par le passé le bon génie de la France, et qui sera toujours dans l'avenir sa bonne et brillante étoile? Le pays chancelant s'est raffermi, les ateliers se sont rouverts ; l'industrie, reprenant son nouvel empire, a ramené la confiance ; la religion a vu s'accomplir une réparation éclatante : celle du rétablissement du chef de l'Église dans ses États. Aussi chaque jour le pays laisse voir et éclater les témoignages non équivoques de sa juste et sincère reconnaissance. Comment ne pas admirer autant de précision, d'abnégation et de courage !

La grande confiance que ce Prince bien-aimé a su inspirer au pays, s'est traduite par plus de huit millions de suffrages, évènement essentiellement caractéristique, sans aucun précédent. Combien la France est heureuse d'avoir possédé cet immense trésor avant la fatale échéance de 1852 ! Les plus aveugles sont obligés de voir clair et de bénir l'Être immuable qui nous a dit : Hommes sages de tous les partis, voilà votre Sauveur ! donnez-vous la main, prêtez-lui votre généreux concours, et suivez-le sans crainte, car il ne faillira pas à la grande, difficile et sublime tâche qu'il s'est imposée : celle de remettre à flot et de ramener au port le vaisseau battu par la tempête !

Au moment où la France, à bout de modé-
ration, ne comptant plus sur une paix dont les
conséquences blesseraient son honneur, est
fermement résolue à seconder la cause du bon
droit en défendant un souverain, son allié,
contre l'injuste agression d'un autre souverain
qui, comptant sur sa force, ébloui par un orgueil coupable, veut réaliser le rêve mons-
trueux de son ambition désordonnée ; lorsque
notre patrie, dans un seul but d'humanité,
affronte les hasards de la guerre, lorsque sa
fortune et le sang de ses enfants sont prêts
pour les grands sacrifices que commande sa
dignité menacée, n'est-il pas du devoir de
tous les bons Français de ne plus voir de limite
d'opinion, pour n'envisager que l'honneur
national ? Nous devons nous ranger sous le
drapeau de la France, et venir en masse nous
grouper autour du chef de l'État, l'entourer de
toutes nos sympathies, et lui assurer tout notre
concours. Au moment du danger commun,
quoi de plus noble, en effet, que cette union
qui fait la force d'un grand peuple ? Soyons unis
et faisons des vœux pour le succès de cette
cause qui sera un point d'orgueil pour notre
pays ; soyons unis, et Dieu, après avoir béni
leurs armes, conduira nos soldats à la victoire,
car ils vont entreprendre la lutte de la civili-

sation contre la barbarie, celle d'un prince qui ose bouleverser l'Europe pour faire retrograder le progrès. Que le Seigneur hâte le succès des armées alliées! Dieu protège la France, il secondera notre Empereur bien-aimé dans ses généreuses intentions.

Vive la France! Vive l'Empereur !

A SA MAJESTÉ L'EMPEREUR NAPOLÉON III.

Sire,

Au moment où une impuissante démagogie se tord dans les derniers replis de son agonie, pousse son suprême cri de détresse et cherche à rallumer les tisons à jamais éteints de nos discordes civiles, en répandant au sein de notre chère patrie, aujourd'hui rassurée, des écrits et des pamphlets incendiaires, que le bon sens repousse en les couvrant d'un inexorable mépris,

Il est du devoir de tout bon Français de faire entendre, en faveur du Monarque que l'immense majorité s'est donné, le cri de son cœur. Je m'estimerais trop heureux si le mien, traduit par mon faible ouvrage, avait le bonheur de trouver grâce à vos yeux, Sire. Il est le fidèle interprète de ma pensée, je le jure par l'aigle que je suis fier et glorieux de porter.

Dieu, qui veille sur la France, veille sur les jours de Napoléon III.

Paris, le 12 décembre 1853.

POÉSIE

A SA MAJESTÉ L'EMPEREUR NAPOLÈON III,

En l'honneur de son avènement au trône impérial

(2 DÉCEMBRE 1852.)

Je ne sais pas flatter, ma muse est trop sincère !
Je n'ai jamais écrit pour les grands de la terre,
Pour aucun souverain régnant ou détrôné,
Mon cœur à ce penchant ne s'est jamais donné.
Quel transport aujourd'hui m'électrise et me presse ?
Ah ! c'est qu'un peuple altier se livre à l'allégresse,
De cris et de houras une immense clameur
S'élève pour bénir un grand libérateur,
Un prince dévoué, qui d'un bras juste et ferme,
A la démagogie sut imposer un terme,
Qui, prenant dans sa main le fameux gouvernail,
A soudain ramené le calme et le travail !
Secondant tous les vœux, il rend à la patrie
L'abondance et la paix, les arts et l'industrie;
De la religion élevant le flambeau,
La présente à nos yeux dans un brillant plus beau !
Sur les fronts rassurés l'espérance scintille,
Au bonheur, à la joie, renaît chaque famille.

Oh ! pourquoi n'ai-je ici qu'un talent impuissant
Pour pouvoir exprimer ce que mon cœur ressent !
Je le dis franchement, aujourd'hui je regrette
Que mon astre, en naissant, ne m'ait formé poète.
Mon travail n'étant pas un fruit ambitieux,
Trouvera grâce auprès des cœurs consciencieux.
Je puis le déclarer, mon ambition extrême
Est d'offrir mon tribut à ce Prince que j'aime.
Appollon ! prête-moi ton inspiration
Pour donner libre cours à mon affection.

Il faut, pour enhardir ma muse chancelante,
Que par lui le sujet la transporte et l'enchante.
Ce sujet merveilleux est assez bien trouvé !
Huit millions de voix deux fois l'ont bien prouvé.
Le grand peuple en son droit vient de se faire entendre,
Il proclame Empereur ce nouvel Alexandre,
Et, prêt à le défendre en tous temps, en tout lieu,
Méprisera la mort pour conserver son Dieu !

Sur l'aile des échos, l'Aigle ajustant son aile,
Aux quatre coins du monde, interprète fidèle,
Radieux, prônera le vœu qui bienséant
Va rendre à notre État sa force de géant.
Longtemps un sort cruel, aux serres enflammées,
Dans ses griffes d'airain nous traitait en pygmées ;
Mais comme, tôt ou tard, chaque épreuve prend fin,
La voix d'un peuple entier demande un souverain,

Lui, dont l'instinct subtil, cent fois plus fin que l'ambre,
L'a trouvé dans celui qui, par son Deux-Décembre,
Faisant fuir l'anarchie et son impureté,
Raffermit l'édifice un instant culbuté.
Celui qui, n'écoutant que son rare courage,
Voulut nous préserver d'un horrible saccage ;
Qui, frappant violemment les affreux trafiqueurs,
Avait su se frayer le chemin de nos cœurs !
En ranimant partout le travail, la richesse,
Il nous a fait sentir l'effet de sa tendresse.
Honneur, cent fois honneur à Louis-Napoléon !
Héritier d'un nom noble, et magique, et fécond.

J'entends auprès de moi dire, avec stoïcisme,
Par un esprit rêveur, enclin au scepticisme :
« Non, je ne serai point aveugle partisan
« D'un homme qui déjà, par un tour méprisant,
« Reniant ses serments, viola la foi jurée
« A la Constitution. » Quoi ! cette étiolée !
Que ses admirateurs savaient, par cent raisons,
N'être qu'un nul produit des Petites-Maisons !
Elle qui n'enfanta qu'un pouvoir éphémère !
Dites-nous donc quel bien elle pouvait nous faire !
Aucun. Car nourrissant un sot et fol orgueil,
Chaque mot renfermait un effrayant écueil.
Nous avions sous son règne un sort bien déplorable !
Mais, réfléchissez donc, et soyez plus traitable :
Vous jetez les hauts cris contre les coups d'état !

Hélas ! pour qui voit clair, ce fut un coup d'éclat !
Un coup qui, nous sortant de l'effroyable ornière,
Nous rouvrit de l'honneur la sublime carrière.
Au reste, au Dix-Décembre un vote approbateur,
Pour les faits accomplis absolvant son auteur,
Lui légua pleins pouvoirs, en toute confiance,
Le chargea de régler l'avenir de la France.

Depuis cet heureux jour un progrès surhumain
En rosée bienfaisante est sorti de sa main,
Et passant par nos cœurs, va tripler en nos âmes
D'un sentiment bien pur les sympathiques flammes.

Le Sénat assemblé, prévenant notre choix,
A dit : Gloire à jamais à Napoléon Trois !
Vive notre Empereur ! Le sénatus-consulte
Est salué partout comme un précieux culte.
Dans un brillant scrutin le peuple enthousiasmé,
D'un seul mot, colossal, de trois lettres formé,
Jette les fondements de l'empire de gloire
Dont s'enorgueilliront les pages de l'histoire.
Le *oui* fondamental a fleuri désormais
La couronne qu'il offre au monarque français.
Aussi de toutes parts, pris d'un noble délire,
Accourent pour fêter le retour de l'Empire,
Des villes, des hameaux les nombreux contingents ;
Ils viennent à Paris en blocs intelligents
Pour placer leur élu sur le glorieux trône.

Par la majorité, la France se couronne !
Mil huit cent cinquant-deux, de sa puissante main,
A de mil huit cent quatre indiqué le chemin,
Et renouant ainsi la chaîne des années,
Dans les mêmes transports confond nos destinées.

Les cloches, les clairons, les tambours, le canon,
Dans ce jour solennel fêtent le même nom !
Accourez, reliquat de notre ancienne gloire,
Guerriers aux fronts sereins, blanchis par la victoire,
Vos fronts chargés jadis de lauriers toujours verts
Verront dans ce grand jour s'effacer leurs revers.
Nos jeunes bataillons, invincibles murailles,
Sont jaloux de grandir au niveau de vos tailles.
Et d'une même voix, comme d'un même cœur,
Poussons ce cri chéri : Vive notre Empereur !!!

ACCUSÉ DE RÉCEPTION DE LA PIÈCE DE VERS QUI PRÉCÈDE.

MAISON

DE

L'EMPEREUR.

—

BIBLIOTHÈQUE,
Sciences, Beaux-Arts,
Littérature.

Palais de l'Élysée, le 24 décembre 1852.

A Monsieur le comte d'AGNEAU,

J'ai placé, dès qu'ils me sont parvenus, vos vers sous les yeux de Sa Majesté. L'Empereur a été aussi touché de cet hommage que des sentiments que vous lui exprimez. Ces souvenirs lui sont chers; ils sont pour lui une précieuse récompense de ses travaux, et il me charge de vous en assurer.

J'obéis avec joie à un ordre qui me permet de vous remercier en son nom, et de reconnaître une preuve de dévouement par un témoignage de sympathie.

Recevez, Monsieur, l'assurance de ma parfaite considération.

Signé : **J. LE FÈVRE DEUMIER.**

A SA MAJESTÉ L'EMPEREUR NAPOLÉON III.

Sire,

Lorsque de toutes parts les vœux les plus ardents et les plus sympathiques vous sont adressés en l'honneur de votre heureux mariage, lorsque la France entière, dans cette précieuse circonstance, pousse d'immenses cris d'allégresse, daignez permettre, je vous en supplie, Sire, au descendant d'une ancienne famille, dont les ancêtres remontent au règne de Robert-le-Pieux (*Bibliothèque Impériale*), de venir très-humblement faire entendre sa faible voix, et vous offrir très-respectueusement son tribut de sincères hommages, dans ce sublime et grand jour.

Je supplie votre Majesté de vouloir bien me permettre de lui offrir mes très-humbles remercîments pour la précieuse lettre que votre Altesse Impériale a daigné me faire adresser le 24 décembre dernier, concernant mes premiers vers. Ceux qu'en ce jour solennel je viens déposer aux pieds de votre Majesté, partent de la même source et respirent les mêmes sentiments de respect et de dévouement pour votre Auguste personne, ainsi que pour votre Épouse bien-aimée, notre belle et gracieuse Impératrice.

Qu'ils sont heureux, Sire, ceux qui peuvent vous prouver leur amour, leur fidélité, ainsi que leur dévouement sans bornes ! ils doivent s'estimer d'autant plus heureux s'ils tiennent leur position d'un Monarque dont la justice et la générosité sont immenses, et qu'une imposante majorité a placé sur le trône glorieux du grand Napoléon. Dieu, qui soutient tous les nobles et grands cœurs, veillé sur vos jours, ainsi que sur ceux de votre Auguste Épouse, et en même temps sur la France qui vous aime et vous chérit.

Vive l'Empereur ! vive l'Impératrice !

Paris, le 7 février 1853.

POÉSIE

A SA MAJESTÉ L'EMPEREUR NAPOLÉON III

EN L'HONNEUR

De son heureux Mariage célébré le 30 janvier 1853

I

Héros tombé martyr sous la serre ennemie
Après tant de revers, abreuvé d'infamie,
Toi qui, poussant si loin l'amour de ton pays,
Sus te faire admirer par tous tes ennemis !
Toi qui vis tous tes pas suivis par la victoire,
Viens donc nous éclairer du reflet de ta gloire !
En ce jour solennel, fais craquer ton cercueil,
Et viens par tes rayons rallumer notre orgueil.
Toi qui nous as dotés, dans notre belle France,
Du fruit de ton génie ardent, sublime, immense !
Grand homme révéré de tous les nobles cœurs,
Le jour de ton trépas consomma nos malheurs !
Mais non ! tu n'es pas mort, et nous voulons te suivre
A la postérité qui te verra survivre !
L'on pourrait s'y tromper ! Oh ! non, tu n'es pas mort ;
Car ton nom, rayonnant du Midi jusqu'au Nord,
Electrise chacun, vole de bouche en bouche,
Faisant vibrer des cœurs les plus sonores touches.

Quand pour crier vivat ! chacun trouve la voix,
Quand au château fameux on revoit ton pavois,
Lorsque de toutes parts un peuple entier salue
Avec un vif transport, dans les champs, dans la rue,
Ce phare éblouissant, ce nom sincère et bon
Que l'écho nous apporte et dit : Napoléon !

Non, non, tu n'es pas mort ! la raison est confuse
Et se dit sur ce point : « Peut-être qu'on s'abuse,
« Car Napoléon mort, nous ne sentirions plus
« Nos âmes s'émouvoir, nos vœux seraient perdus.
« Le malheureux, rampant comme fait la chenille,
« Mourrait sous ses haillons, sans pain pour sa famille,
« Le malade expirant dans l'hospice, isolé,
« Sur son lit de douleur languirait désolé. »

Rien ne se passe ainsi, l'hôpital, la chaumière
Ont senti les douceurs d'une main princière ;
Partout un noble élan a transporté les pas
D'un prince généreux qui ne te dément pas.
Issu du même sang qui coulait dans tes veines,
Il donne aux malheureux des bienfaits à mains pleines,
Se transportant partout et se multipliant,
Il nous fait admirer son cœur conciliant.
Astre que le Seigneur, dans nos jours de détresse,
A détaché du ciel, pour prouver sa tendresse,
Pour sauver ses enfants ici-bas accablés,
Honneur, cent fois honneur ! tous nos vœux sont comblés !

Oh ! non, tu n'es pas mort, quand règne sur la France
Ce fruit si respecté, fils de la reine Hortense,
Que la majorité d'un peuple officieux
Reçut pour son bonheur, comme un bienfait des Cieux.

Oh ! vous, notre Sauveur, trésor de la patrie !
Qu'un amour bien conçu pousse à l'idolâtrie,
Vous, que nous chérissons au-dessus de tout bien,
Que Dieu nous envoya comme un ange gardien,
Nous verrons désormais, et d'une âme assurée,
Briller à votre front la couronne sacrée ;
Nous aurons constamment dans notre souvenir
Le brillant coup d'État qui fixa l'avenir.

II

Trompettes et clairons, entonnez les fanfares !
De vos accords guerriers ne soyez point avares,
C'est en ce noble jour que le Maître-Éternel
Va consacrer l'hymen pompeux et solennel
Du monarque estimé qui choisit pour compagne
Une perle des Cieux ! fine fleur de l'Espagne,
Riche par sa beauté, par l'esprit et le cœur,
Ange, dont la vertu mérite un Empereur !
Ange, que le Très-Haut réservait pour la France,
Pour, du peuple être un jour l'amour et l'espérance,
Pour devenir l'appui de son auguste époux,

Et verser dans son sein le baume le plus doux.
Rejeton des Guzman, trésor de la Castille,
Symbole de candeur, chez qui la bonté brille,
Le Français orgueilleux bénira le grand jour
Où son prince chéri reçut tout votre amour.

Déjà de toutes parts tout le monde s'apprête
A mêler ses transports à l'éclat de la fête.
Des pays éloignés, des bourgs et des hameaux,
Tous viennent à Paris rallier leurs drapeaux.
Ce peuple dévoué veut goûter le délice
De contempler les traits de son Impératrice,
Admirer son visage à raison si vanté,
Respirant la noblesse et l'affabilité,
Miroir d'un si grand cœur où la bonté divine
Reproduit les vertus dont brillait Joséphine !

Depuis le point du jour le torrent populeux
Agite dans Paris son remous onduleux.
Des Tuileries aux quais, des quais à Notre-Dame,
L'on n'entend qu'un seul cri, qu'une voix qui proclame
Le grand évènement qui va lier deux cœurs
Qui désormais seront nos plus chauds protecteurs.

Le canon d'Austerlitz, d'une voix rajeunie,
Célèbre le moment où la noble Eugénie,
Par son royal époux, conduite au saint autel,
Élève jusqu'à Dieu son vœu sacramentel.

Le Temps, qui jusque-là semblait chargé d'orages,
Masquait l'astre du jour par de sombres nuages.
Comme un enchantement, à cet instant heureux
Paraissent tout-à-coup les rayons lumineux !
Traversant les vitraux de l'antique coupole,
Au couple impérial forment une auréole.
Peuple, grands et prélats font retentir les airs
Des hymnes d'Abraham, religieux concerts.
D'un essaim prodigieux de filles ravissantes
S'envolent vers le ciel les prières ferventes !

Dites à l'univers, échos aux mille voix,
Que le trente janvier mil-huit cent cinquant-trois,
Pour le char de la paix nos voies seront polies,
Par cette union la France aura ses Pacalies !

Couple heureux, recevez mes vœux et mon encens,
Si j'en crois mon instinct vous règnerez longtemps.
Dieu qui veille sur vous, oh ! vous sera propice.
Vivent notre Empereur ! et notre Impératrice !

POÉSIE.

Gloire au Très-Haut ! l'Empire brille
Et voit venir auprès de lui
Le malheureux, dont la famille
Y trouve amour, bonheur, appui.

Quand le radeau flottait portant la France,
Quand l'avenir était sur ce radeau,
Dieu nous a dit : Français, votre espérance,
Est toute en lui ! levez votre bandeau.
Napoléon !.. Ce nom que chacun prône,
Pour qui le ciel garde le plus beau trône,
A votre cœur parle en termes bien chers ;
Nom glorieux ! qu'à travers les mitrailles,
Avec le bruit de nos mille batailles,
L'écho porta dans l'immense univers.

Napoléon ! oui, ton ombre immortelle
De siècle en siècle à nos derniers enfants,

Pour stimuler leur amour et leur zèle
Rappellera tes exploits triomphants.
Mais aujourd'hui, pour la mère-patrie,
Les vrais trésors sont les Arts, l'Industrie.
Là désormais tendront tous nos débats.
La paix ! voilà la plus belle richesse,
Source de biens, sublime enchanteresse !
Pour toi nos vœux, nos souhaits, nos combats.

Si le destin, dans sa toute-puissance,
Nous a privés d'un riche et noble cœur,
En cet instant, dans notre belle France
Nous célébrons, avec un grand bonheur,
L'heureux retour d'un régime prospère
Que le neveu, Prince loyal, sincère,
Nous a rendu plus brillant que jamais.
Par nos désirs au Temple de Mémoire,
Son nom, couvert de la plus belle gloire,
Ira fleuri des trésors de la paix.

Mais si la France allait tirer son glaive
Après avoir épuisé sa bonté,
Malheur à qui, prolongeant un faux rêve,
Aurait agi par la témérité !
Pour conserver le repos à l'Europe,
Napoléon, de son cœur philanthrope,
Vit trop longtemps repousser les avis.
A son appel nos voix diraient quand même :

Ah ! qu'il est beau de venger ce qu'on aime !
Son Empereur ainsi que son pays.

Dans ce beau jour, riant anniversaire,
Il est bien doux de fêter à la fois
L'Empire aimé que le génie éclaire,
Et le grand nom de Napoléon Trois !
Gloire à jamais à sa noble compagne,
Fragment chéri des trésors de l'Espagne,
Qui du monarque est l'orgueil sans pareil !
Pour vos vertus, nouvelle Joséphine,
D'un saint respect mon humble front s'incline,
L'aigle peut seul regarder le soleil !

Gloire au Très-Haut ! l'Empire brille
Et voit encore auprès de lui
Le malheureux dont la famille
Y trouve amour, bonheur, appui.

EN L'HONNEUR DE LA FÊTE DE SA MAJESTÉ L'IMPÉRATRICE,

Présidé par M. le Comte DE ROCHEFORT, ancien magistrat

(SALON DE MARS, LE 15 NOVEMBRE 1853.)

ODE A L'IMPÉRATRICE.

Dans ce jour solennel, la France enthousiasmée,
Pour la première fois fête sa bien-aimée.
Les Français réunis dans ce banquet heureux
Unissent leurs souhaits pour cet ange de grâce.
Tous les cœurs bien pensants lui donnent une place,
    Et font ici les plus doux vœux.
    Salut ! Impératrice où la vertu modèle
Dans un sein généreux à grands traits se révèle,
Salut ! riche présent que nous ont fait les cieux.
Qu'il fut heureux le vent qui, des rives d'Espagne,
Vous guida vers la France et vous fit la compagne
    D'un descendant de grands aïeux !
De celui dont le bras, à nos vœux sympathique,
A fait fuir loin de nous l'élément anarchique,
Du prince valeureux objet de notre amour,
Qui, ne consultant rien, marcha droit à l'obstacle
Et nous fit applaudir au sublime spectacle
    De l'aigle chassant le vautour.

Salut ! vous dont le cœur de richesse fourmille,
Vous qui portez la joie au sein de la famille;
Salut ! front radieux, candide, aimable et pur,
Vos bontés ont partout un ascendant magique,
Vous brillez ici-bas d'un éclat angélique,
     Comme l'étoile au ciel d'azur !
Oui, ce sont vos bienfaits qui calment la misère
Du pauvre qui pâtit, de la chétive mère,
Du malade estropié, de l'enfant orphelin.
Mais aussi votre nom que chacun étudie,
Qu'on aime à répéter comme une mélodie,
     De tous les cœurs prend le chemin,
     Vous savez marier, précieuse Eugénie,
A la munificence, une grâce infinie ;
Vous alliez si bien, si gracieusement
Aux vertus d'un grand cœur, un ton doux, si modeste
Que celui qui reçoit de votre main céleste
     Reste frappé d'étonnement !
Vous êtes du malheur la douce Providence,
On vous cite à l'égal de la royale Hortense
Pour vos nobles vertus, pour votre charité.
Votre nom et le sien, par une action divine,
Réunis par penchant au nom de Joséphine,
     Ont droit à l'immortalité.
Bien longtemps les échos des rives de la Seine
Rediront les hauts faits de notre souveraine
Et porteront bien loin, dans leur constant essor,
Ce nom resplendissant qui calme la souffrance,

Qui, chez le malheureux fait germer l'abondance,
    Puissant comme une rosée d'or.
Toujours le pauvre ému gardera la mémoire
Des bienfaits éclatants dont vous parez l'histoire,
Humble et respectueux, chaque jour au réveil
Il aime à s'occuper de l'ange qui console,
Il s'anime aux rayons qui de votre auréole
    Pour lui valent un doux soleil,
Le peuple vous bénit et franchement vous prône,
Car vous êtes l'espoir et l'ornement du trône,
La joie de l'Empereur et son ferme soutien.
Le peuple vous chérit, puissante Impératrice,
Comme son talisman, sa digne bienfaitrice,
    Comme son bon ange gardien !
Que toujours loin de vous l'affreuse médisance,
Ce monstre au front hideux, boursoufflé d'arrogance,
Dévore le venin qui bourgeonne sa peau.
Elle peut s'agiter, se débattre et se tordre,
Ses dents s'émousseront sans jamais pouvoir mordre
    Un seul pli de votre manteau.
J'aime de vos vertus chanter bien haut la gloire,
Moi, vivant ignoré, mais riche en ma mémoire,
Traînant au jour le jour un sort fastidieux,
Comme un ange déchu, tombé dans la poussière,
Il me faut renoncer à la noble carrière,
    Au blason d'or de mes aïeux.

Paris, le 15 novembre 1853.

Dans ce banquet, la parole est donnée à M. d'Agneau, Commissaire principal, pour une communication.

MESSIEURS,

Plusieurs convives m'ont témoigné le désir qu'un bouquet soit offert au nom de tous à Sa Majesté l'Impératrice, à l'occasion de sa fête, que nous célébrons aujourd'hui solennellement, et ont désigné, pour remplir cette mission, un homme d'un haut mérite, que vous connaissez tous, et qui a toutes nos sympathies : c'est notre honorable collègue M. Acker.

En conséquence, nous engageons M. Acker à se rendre sans tarder, demain, vers sa Majesté, à l'effet de remplir la mission que nous venons de lui confier.

M. Acker ayant accepté avec empressement le mandat qui lui a été confié, s'est rendu le lendemain au château de Fontainebleau, et a rempli sa mission.

COMPTE-RENDU

Du BANQUET donné au Salon de Mars, le 15 novembre 1852,

EN L'HONNEUR

DE LA FÊTE DE SA MAJESTÉ L'IMPÉRATRICE

(Extrait du *Pays* du 17 novembre 1853.)

« Un banquet a eu lieu hier soir, au Salon de Mars, rue du Bac, à l'occasion de la fête de S. M. l'Impératrice. On y remarquait plusieurs officiers supérieurs en retraite, des officiers de l'ancienne et de la nouvelle armée, des hommes de lettres, d'artistes, etc.

« Au centre de la salle étaient, au milieu de trophées et
entourés de fleurs, les bustes de l'Empereur et de l'Impératrice. La couronne d'or de Sa Majesté avait été remplacée,
pour la solennité, par une couronne de roses.

« M. de Rochefort, président de la réunion, a ouvert le
banquet par quelques paroles qui ont annoncé son but.
MM. d'Agneau, Commissaire principal, Langlebert, ont lu,
au milieu des applaudissements de l'assemblée, plusieurs
pièces de poésie dédiées à S. M. l'Impératrice.

« Au dessert, la parole a été donnée à M. Emile Acker,
vice-président du banquet, pour porter un toast à l'Impératrice ; nous regrettons de ne pouvoir reproduire sa chaleu-
reuse allocution, qui a été accueillie par les acclamations de
toute l'assemblée. »

ODE A L'IMPÉRATRICE.

Du Tout-Puissant le suprême sourire,
Dans un beau jour, dans un jour de faveur,
Nous a rendu le beau ciel de l'Empire,
Tout son éclat, sa splendide grandeur.
C'est de l'élan d'un peuple magnanime
Qu'un grand scrutin s'est produit, unanime,
Pour ramener un nom miraculeux !
Tout notre espoir est dans cette famille

Où la bonté dans la sagesse brille,
Dont vous êtes le complément heureux.

   Oui, le Seigneur eut l'idée sans pareille
De nous doter d'un précieux trésor ;
Il nous fit don d'une rare merveille
Qui du malheur devint la mère et l'or.
L'humanité, dont votre âme est féconde,
Voit devant vous se prosterner le monde,
Un peuple entier de ses accords parfaits
Frappe les airs d'une voix formidable,
Et des échos sort un nom mémorable,
Prodigieux par ses nombreux bienfaits.

   Votre doux nom, porté de bouche en bouche,
Sait s'attirer le respect et l'amour.
Nom révéré, ravissant, qui nous touche,
Plus éclatant que les rayons du jour.
Les qualités dont vous êtes pétrie
Placent en vous l'orgueil de la patrie,
Vous font briller d'un éclat noble et sûr ;
Talisman vrai, vers lequel chacun penche,
Que l'on chérit comme une aurore franche,
Comme un beau ciel brillant et bleu d'azur.

Imprimé par Henri et Charles Noblet, rue Saint-Dominique, 56.

www.ingramcontent.com/pod-product-compliance
Ingram Content Group UK Ltd.
Pitfield, Milton Keynes, MK11 3LW, UK
UKHW022357120726
13694UKWH00005B/1926

9 782014 031898